[...]E DE L'INFANTERIE DIJONNOISE

LA

BRAVERIE ou RÉJOUISSANCE

de 1630

Pour la naissance de M. DE CONTY

DIJON

EN VENTE CHEZ TOUS LES LIBRAIRES

1888

Offert à M. [illegible],

[illegible]

Vitteaux, (rue de la ville) — Novembre 1888

THÉATRE DE L'INFANTERIE DIJONNOISE

LA

BRAVERIE ou RÉJOUISSANCE

de 1630

Pour la naissance de M. DE CONTY

DIJON

EN VENTE CHEZ TOUS LES LIBRAIRES

1888

THÉATRE DE L'INFANTERIE DIJONNOISE

LA

BRAVERIE OU RÉJOUISSANCE

de 1630

Pour la naissance de M. DE CONTY (1)

PRÉFACE

Il semble que ce soit le même auteur qui ait composé la pièce de 1629, celle de 1630 et celle de 1632; dans ces trois pièces, en effet, on remarque la substitution d'un *Génie dijonnois* ou d'une *Nymphe dijonnoise* au père Bontemps. Ici, la Nymphe est bien effectivement ce même *genius loci*, qui ne se montre et ne se fait entendre en Bourgogne qu'aux jours de paix et de bonheur publics, comme nous apparaît Bontemps dans maintes autres pièces. Dès qu'une guerre éclate,

---

(1) La pièce parut en 1630 chez Nicolas Spirinx. C'est un petit in-12 de 42 pages ne portant que ce titre banal : *Resjouissance de l'Infanterie dijonnoize* (en capitales), et au-dessous (en petites lettres) : « *pour la naissance de Monsieur le Prince de Conti.* » Au milieu de la page se trouve une vignette représentant un prince à cheval. Le monologue de *Mercure* occupe les trois premières pages; puis, vient la *Nymphe* qui débite 12 strophes alternées de 6 et 7 vers ; à la 7e page commence la comédie, avec les vignerons.

la Nymphe fuit ; c'est elle-même qui nous l'apprend au début de la pièce :

L'appas d'un séjour solitaire
Libre de l'accès du vulgaire
M'avoit faict, bien loing des cités,
Chercher des terres étrangères...
La paix me rappelle en ces lieux.

Bontemps, s'il était en scène, tiendrait-il un autre langage ?

Il est souvent question de *Braveries* dans les pièces du théâtre qui nous occupe. Ici même l'un des deux vignerons dit :

Ç'â don iqui l'Infanterie ?
Ai l'y ei queique braverie.

On voit par ce dernier vers que ce terme était quelquefois synonyme de comédie. Tout le monde, du reste, connaît le sens du mot *brave*. Au xviie siècle, il s'employait encore dans l'acception de faire montre, parade, étaler l'éclat, la beauté des vêtements, etc. Un homme brave était un homme élégamment vêtu. En thèse générale, quand l'Infanterie de la Mère-Folle allait par la ville avec ses beaux costumes, ses chevaux, ses étendards, ses chariots, il y avait *braverie*.

Et à ce propos nous ne pouvons nous empêcher de nous écrier : Que de termes jusqu'ici peu connus mériteraient le grand jour, puisqu'ils ont été pendant tant d'années si répandus à Dijon, grâce à l'Infanterie et à son théâtre ! Après les *Asneries*, les *Jeux*, les *Auderies*, les *Banderies*, les

Pastorelles, sont venues les *Mascarades* et les *Eglogues;* puis les *Braveries ;* puis les *Chariots ;* même les *Oriô !* Ce dernier mot seul semble obscur. Il fut usité, si nous ne nous trompons, pour désigner le char sur lequel étaient les chanteurs et la musique. Les *Sansonnets* et les *Loriots* furent, avec le *Rossignol,* les oiseaux à la mode durant le moyen âge et le XVIe siècle ; mais, par suite des découvertes, on connut au XVIIe siècle le Canari, le *Senicle* (c'est-à-dire le serin), et il devint l'oiseau préféré. Aimé Piron parle-t-il de musique et de chants, il ne manque jamais de comparer la beauté des airs ou des voix au chant du *senicle.* Ainsi les Rossignols, les *Orio* (1), les Chardonnerets et les autres chantres ailés de la région tombèrent au second rang ; ils passèrent pour des oiseaux agrestes, rustiques, tandis que le serin fut traité en citadin : n'était-ce pas un oiseau de volière? Par là s'explique l'abandon du terme d'*orio* qui ne reparaît plus après 1623. Ceci dit, revenons à notre comédie.

Le motif de la pièce de 1630 est double : l'Infanterie a voulu célébrer la naissance du prince de Conti et la paix que le roi, déjà maître de La Rochelle depuis un an, venait d'imposer au duc de Savoie :

(1) On remarque avec raison que le patois a conservé la forme pure de ce mot, selon l'étymologie : *oriô;* le parler moderne est peu correct puisqu'il a annexé l'article au corps même du mot : *Loriot ;* le loriot, disent les gens qui usent du *gentès* ou *jantais,* c'est-à-dire qui parlent français. — V. Littré, au mot *loriot.*

Quei don ? n'ouy-tu pa jeudy
Ce que lé' z-éraut en on dy
Quant ay faisin de carre en carre
Cornay qu' i n'y ei pu de garre,
Et que lé' z-ennemin dou Roy
Estin tretôt en desarroy (1),
Depeu qu' ai fi voi, devan Suze,
Que l'aille n'étoo qu' éne buze ?

On sait combien on a félicité le Roi Louis XIII de la vaillance qu'il déploya au pas de Suze, en 1629 ; il était naturel que le poète dijonnais parlât de ce haut fait d'armes.

Cette même année naissait à Mgr Henri de Bourbon, prince de Condé, lieutenant-général des armées du roi pour la Bourgogne (2), un second fils, le Prince de Conti, frère cadet de celui qui devait être, quelque quinze ans plus tard, le vainqueur de Rocroy. Voilà le motif principal de la pièce ; c'est ce que nous apprend *Mercure*. Ce dieu est descendu, dit-il, du royaume azuré, et il a pris terre en ce lieu (Dijon),

---

(1) TRADUCTION : — « *Quoi donc ? n'as-tu pas oui, jeudi, ce que les hérauts en ont dit, quand ils faisaient de coin en coin* (de carrefour en carrefour) *corner qu'il n'y a plus de guerre et que les ennemis du roi étaient tous en désarroi depuis qu'il a fait voir devant Suze que l'Aigle* (étendard surmonté d'un aigle, emblème de la maison d'Autriche, etc.), *n'était qu'une Buse ?* »

(2) En 1632, Henri de Bourbon devint gouverneur de la Bourgogne, à la place de M. de Bellegarde. Le gouvernement de Bourgogne resta plus de cent cinquante ans dans la famille des Condés, — c'est-à-dire de 1632 jusqu'à la Révolution.

Pour bien veigner (1) le bers d'un nouveau demy Dieu.

C'est le « *digne sang des Bourbons;* » il « *est chéry des neuf sœurs;* »

Car l'espée est sans nom, et le los (2) ne peut vivre
Dans les siècles futurs qu'à la faveur du livre.

Comme nous sommes, ici, en pleine mythologie, on ne saurait se montrer surpris en voyant apparaître sur le chariot diverses divinités de l'Olympe ; et, de plus, le serpent Python, que le jeune prince au berceau serait de taille à étouffer, comme fit Hercule des deux serpents envoyés contre lui par Junon. Ainsi, le prince de Conti est annoncé comme devant être un demi Dieu, un nouvel Héraclès. Par malheur, il n'en fut rien! Ses deux plus grands exploits consistent, le premier, en un écrit contre les spectacles; le second, dans une expédition en Italie qui ne lui succéda guère.

Mais venons à nos deux vignerons, principaux personnages de la pièce.

D'abord ils voient s'avancer au loin, du côté de Talant (c'est-à-dire du côté de la porte Guillaume), des gens armés qui éveillent en eux une vive inquiétude, car ce sont peut-être des *gendarmes*, autrement dit les soldats d'élite du roi ; or, le soldat fut toujours, avec ses pilleries et sa bru-

---

(1) *Bien veigner*, souhaiter la bienvenue. Le *bers*, le berceau.

(2) *Los*, louange, gloire, renommée.

talité, la terreur des pauvres vignerons. En somme, nous avons là une description plus ou moins exacte de la tenue et de la marche de l'Infanterie dijonnaise : (*ils portent, ces gens armés)*,

> Dessu lo chaipea dé pleumôte,
> Dou clinquan dessu lo jaicôtte,
> Autor de lo cô dé baudrey (*baudriers*);
> Devan lor (*devant eux*) marche dé fifrey,
> Dé taiborin et dé trompette...

Le second vigneron croit d'abord, comme son compère, que ce sont réellement des *soudards*, puisque leurs sergents-majors et leurs guidons s'aperçoivent aussi, dans le lointain; mais bientôt il démêle, sur le visage de ces gens, des masques, et il observe que sur leurs têtes il n'y a point de casques. Il ajoute :

> Et si (*et puis*) ai son tretô couvar
> De jaune, de rouge et de var,
> Marque de lai Meire-Fôlie
> Qui chaisse lai millancôlie,
> De qui lai gaillade couleur
> Ey tôrjo (*a toujours*) chaissé lou malheur.

Le premier vigneron, peu après, voit venir le chariot :

> Ne voi-tu pa lou chariô
> Qui a venu to de viô (*tout droit*) ?

Mais tous deux sont épouvantés à l'aspect de

Python, qui se dresse sur le char, en ouvrant une gueule à y introduire une meule :

S'a-t'in sarpan !......
Et qui ai gi (*déjà*) passai sept an !...
(*C'est un produit*) de Meire Luzingne !
Morbai, qu'ai l'â fiôlan,
Aussi asse (*est-ce*) in sarpan vôlan !

Toutefois, l'un des vignerons pense que l'affreux reptile a trouvé son maître dans cet archer « *qu'â si jôly*. » Ainsi, sur la scène, on ne voyait ni berceau, ni enfant étouffant Python ; cela eût sans doute été malaisé à représenter et d'un petit effet. L'auteur a préféré revenir au mythe d'Apollon, tueur de serpents. C'est donc un beau jeune homme qui paraît, la tête ornée de rayons, pour simuler le soleil. Une telle vue fait dire au premier vigneron que le dieu, au clair visage, doit sentir fortement le roussi ; et puis, on ne peut le regarder, tant ses rayons sont éblouissants :

Ai doi bé santi lou breli
Por l'aimor que (1) tô son poi claire.
Sambei, qu'ai l'ai lai trôgne claire !
I ne lou seroo luzanai (2)...

---

(1) *Pour la raison que.*

(1) *Je ne le saurais regarder.*

Tot ausitô que je lou beuille,
I an fai lai cire por lé z-œuille (1).

Le deuxième vigneron demande quel est celui qui a des ailes sur son chapeau, sur ses épaules :

Qui â cetu qui ai dé z-aulle
Su son chaipea, su sé z-épaule ?
Asson qu'ai veu au tan vôllai (2) ?

Son compère lui répond qu'il ne connaît rien à tout cela. Le deuxième vigneron, lui, n'est pas embarrassé, au bout du compte, pour si peu. Il a vite trouvé une comparaison vulgaire qui sert, comme de juste, pour passer à des actualités toutes pleines de grivoiserie. Il tire donc sa comparaison du jeu de cartes. Mercure lui semble un valet de carreau, tandis que la belle dame qu'on voit à ses côtés ne peut être autre que la dame de pique ; or, on sait comment les joueurs traitent ce couple. Notre vigneron dit les mots tout crus. Alors l'autre *barôzai*, mis en goût de paillardes paroles, lâche une bordée contre certaine dame Nicole, courtière en... (vous trouverez bien la rime), puis contre une autre de Talant, etc.

(1) *Tout aussitôt que je le fixe, j'en fais de la cire par les yeux.* — Vers la fin de la pièce, on apprend que ce *Soleil*,

De toutes vertus assorty
Marque le prince de Conty,

qui sera vainqueur de Python, « *engeance de tous maux.* » Les effets de ce soleil sont des plus surprenants sur les femmes et sur les hommes.

(2) *Est-ce qu'il voudrait au temps* (au ciel) *voler ?*

En somme, c'est la peinture de pauvres diablesses aussi mal accoutrées que leurs mœurs sont relâchées. Combien ces Vénus-là diffèrent de la belle Vénus qui, bravement, trône sur le char ! ces filles-ci n'ont que des robes de laine et des chemises de coton ! Pas de gants aux mains ! Dans leurs cheveux, pas de résille d'or ! Pas de miroir à leur ceinture (1) !

Finalement, nos deux gaillards vignerons se décident à questionner la déesse de Cythère :

Daime *(Madame)*, ma qu'ai ne vo déplaize,
Ditte-no voye (*voir*) de qui, de quei,
On fai tô ce-qui, et porquei ?
Ma, premei (2), j'airin bén envie
De saivoi tôte vote vie... etc.

Vénus garde le silence, ce qui fait dire au premier vigneron :

Voi-tu qu'elle nique (*secoue*) lai téte ;
S'a qu'elle no pren por dé bête !

Sur ce, il prend la détermination de s'adresser à un clerc, sorte d'homme de loi (qualifié *pratician*), personnage qui se montre de temps en

---

(1) Pour compléter cette peinture, il faut y ajouter ces vers qu'on trouve à la fin de la pièce :

Cé fille, qui ne son pa seige,
Et qui se frôte lou viseige
De je ne sai quei qui relu (*reluit*) !

(2) *Premei*, pour premièrement.

temps dans les pièces bourguignonnes (1), à la grande joie des vignerons par lesquels il est daubé ; car ceux-ci se moquent finement du langage pédantesque et tout hérissé de formules empruntées à la jurisprudence, dont ledit clerc ne saurait se départir un seul instant. Ils lui détaillent tout le gibier qu'on peut prendre, lui demandant ironiquement s'il aime ceci, cela, comme s'ils allaient lui offrir cailles, perdrix, lapins de garenne, etc. ; ils se font expliquer les personnages mythologiques du char, thème assez plaisant ; puis, de fil en aiguille, la matière, de gaie qu'elle était, devient fort grasse ; la pauvre femme du clerc en fournit le prétexte. Il nous est impossible d'analyser toute cette partie graveleuse de la pièce, partie que le poète a fait plus longue qu'il ne convenait, appuyant sur les passages scabreux, c'est-à-dire les mettant de nouveau dans la bouche du praticien, à seule fin, croirait-on, que si, d'aventure, certains assistants entendaient mal le patois, ils fussent édifiés pleinement, en langue *fantaise*, de toutes ces révélations d'alcôve qui allument la juste colère du pauvre mari berné, bien différent en cela de celui qui, selon Voltaire, fut battu, cocu et content. Ce qui émousse l'aiguillon de ces obscénités, c'est

(1) Voir, notamment, dans *Le Chariot de 1629*, le personnage dit *Maistre aux Arts*, et dans *Les Nopces de Bontemps* le même genre de personnage, qui y est appelé *Chicqaneur*.

qu'elles tournent toutes au comique. Voilà une excuse.

Dans la présente pièce, la chanson de la fin est remplacée par de longs compliments en l'honneur de M. de Conti. Il y a là d'assez jolis couplets, celui-ci entre autres :

Que dezô (*dessous*) ce Prince si bea
Lou vin sô quemun queman (1) l'ea,
Et qu'essetai (*assis*) pré de no fausse,
Tô deu, en mai veigne dé Crai,
Je beuvin de ce vin seurai
Qu'on fai passai par éne chausse !

Le cadre est des plus riants et bien trouvé. Laissons donc nos deux *Barôzai* s'imaginer qu'ils s'arroseront copieusement le bec au bord d'une des fosses qu'ils creusent pour y mettre l'enfant Bacchus (le jeune cep, dont la résurrection au printemps est assurée) et passons à la pièce.

J. D.

Vitteaux, octobre 1888.

(1) *Le vin soit commun comme l'eau.*

PERSONNAGES DE LA PIÈCE

Mercure.
La Nymphe dijonnoise.
Blaizo, premier vigneron.
Virelairan, deuxième vigneron.
Le Praticien.
Vénus, Apollon, Python (personnages muets).

La scène est à Dijon

MERCURE

Grand courrier de Jupin, porteur des destinées
Dans le conseil d'Estat des Parques ordonnées,
De paix et de bonheur messager assuré,
Je sors du palais d'or du Royaume azuré
Pour bien veigner le bers d'un nouveau demy dieu,
Digne sang des Bourbons (1), etc.

NYMPHE DIJONNOISE

. . . .
La paix me rappelle en ce lieu
Et le berceau d'un demi dieu,

---

(1) Il y a comme cela 60 vers. Dans les manuscrits Duxin, le 10e vers, celui qui doit rimer avec « *gloire féconde* » a été omis. Le voici :

Par l'ame du renom nuira (*luira ?*) dans tout le monde.

De plus, nous restituons les 54 derniers vers de la pièce qu'on ne trouve pas dans Duxin. Ce sont les pages 39, 40 et 41 de l'imprimé de 1630.

Pour revoir les plaines chéries
Où l'Ousche en cent plis tournoyant,
Superbe en ses rives fleuries,
Enchâsse un christal ondoyant
Dans le riche esmail des prairies.

PREMIER VIGNERON

Ai fau qu'ai l'y ô dé nôvelle
Qu'on fai tan de bru (*bruit*) por lai velle,
Di mey voye (*voir*), di, Virelairan,
De tô celai n'en sai tu ran ?

DEUXIÈME VIGNERON

Lai morbei, queique chôse trôtte;
Tô cé jan-lai, aivô lo bôtte,
Que tu voi iqui (*ici*) ésamblai
N'a pa por (1) revaulai lou blai;
Ce n'a iqui de ceu qui veigne (*viennent*),
Dou coutai de Troye en Champeigne,
Qui pote (*portent*) lo toche en lo cô,
Qui no fon faire mointe écô (2)

---

(1) *Ce n'est pas pour*, etc. *Revaulai lou blai* nous semble avoir le sens de faire baisser le prix du blé.

(2) On voit que les Champenois venaient acheter les vins de Bourgogne dès le temps de la *venonge* (vendange), au moment où le raisin passait de la *balonge* dans la cuve. La *balonge* ou *bailonge*, grand cuvier oval qu'on place sur des voitures, et dans lequel on met les raisins pour les rentrer dans les granges où de grosses cuves les reçoivent tout aussitôt. Alors on écrase les grappes une première fois et on laisse fermenter la vendange pendant 15 à 20 jours. Quand la fermentation est sur le point de cesser, on entre dans les cuves et l'on foule le raisin; deux jours après, on tire le vin.

Quant ai l'anlaive en lai venonge
No vin sotan de lai baillonge,
Ma bé de cé marchan de foin
Qui poye (*payent*) lo z-ote ai cô de poin.

PREMIER VIGNERON

O bé, si s'aitoo cé sôdrille
Qui ne son vétu que de drille,
Qui refesin lai char dou bor (1)
Quant ai lôgire en no faubor,
Ai l'aivin (*ils avaient*) fai in gran vieige (*voyage*)
Por maingé dé poule en pôteige
Aivô dé chô (*choux*) et dé porrô
Qui lô fezin faire dé rô (*rots*);
Pouy! au dialle soi lé canaille!
S'a ce qui ai raussé (2) lai taille!
Que velai dé jan bé vaillan :
Ai veigne (*ils viennent*) en in jor de Taillan!

DEUXIÈME VIGNERON

Quei don? n'asson pa dé gendarme (2)?
Sambei! ai pote tô (3) lé z-arme :
Dé raipeire et dé pistollai
Qui son par lou bô ribôlai;
Dessu lo chaipea dé pleumôte,
Dou clinquan dessu lo jaicôtte,

---

(3) *Qui refusaient la chair du bourg.* Le Bourg (rue du Bourg actuellement), était un quartier de boucheries.

(1) *C'est ce qui a fait rehausser la taille* (Tout ce passage semble d'une plaisanterie un peu lourde. Le vrai grain de sel y manque).

(2) *N'est-ce pas des hommes de guerre* (des soldats que nous voyons)?

(3) *Tous portent les armes.*

Autor de lo cô dé baudrey ;
Devan lor, marche dé fifrey,
Dé taiborin et dé trompette
Qui fon pu de bru que lai gaite ;
Qui ne diro que cé jan-lai
Serin dé soudar enrôlai ?

PREMIER VIGNERON

Ai l'y ai bé de l'aipairance,
Ai (1) voi tôte lo mainigance,
Lo sorjan-major, lo guidon,
Qui teigne lé z'autre en odon (2);
Ma tu voi bé qu'ai l'on dé masque
Et qu'ai ne pote poin dé casque
Et si (*toutefois*) ai son treto convar
De jaune, de rouge et de var, .
Marque de lai Meire-Fôlie
Qui chaisse lai millancolie,
De qui lai gaillade couleur
Ey tôrjo chaissé lou malheur.

DEUXIÈME VIGNERON

C'a don iqui l'Infanterie ?
Ai l'y ai queique braverie.

---

(4) *Ai voi*, à voir. Dans le vers précédent : *ai l'y ai*, il y a. Ce passage nous montre trois acceptions différentes de *ai*.

(5) *Odon*, c'est un tas, un amas où il y a de l'ordre, de la succession, comme l'origine du mot l'indique, *ordo*. Les soldats sont tassés les uns contre les autres, mais ils tiennent leur rang, grâce aux sergents, etc.

PREMIER VIGNERON

Quei don ? n'ouy-tu pa jeudy
Ce que lé z'éraut en on dy
Quand ai faisin de carre en carre
Cornai qu'i n'y ei pu de garre,
Et que lé z'ennemin dou Roy
Estin tretô en desarroy,
Depeu qu'ai fi voi devan Suze
Que l'aille (*l'aigle*) n'étoo qu'éne buze ?

DEUXIÈME VIGNERON

I cude (*je pense*) qu'i lé z'ai ouy !
Ai palire (*ils parlèrent*) dou roy Louy
Et dou bé (*du bien*) que Monsieu lou Prince (1)
Ai épotai (*a apporté*) dan lai prôvince ;
Mai ai me sanne (*semble*) ai tô lé cô
Qu' i ai cé vôlou su lou cô (2)
Qui on, de quei mai fanne a gringne (*chagrine*),
Brelai lé paiseâ de no veigne.

PREMIER VIGNERON

Ne voi-tu pa lou chairiô
Qui a venu tô de viô *(tout droit)*,
Et ce jôvancea (3) qui se teinte ?

DEUXIÈME VIGNERON

Ai barro (*il donnerait*) éne tarbe éteinte ;
Ma pôsible qu'ai tire an lar (*en l'air*).

---

(1) Le prince de Condé, Henri de Bourbon.

(2) *Que j'ai ces voleurs sur le cou* (sur le dos), *voleurs qui ont, de quoi ma femme est triste, brûlé les échalas de nos vignes.*

(3) Ce jouvenceau est peut-être Apollon qui brille sur le chariot.

PREMIER VIGNERON

Nena (*non*) ; ç'a contre ce luzar (1).
Hela ! tô lé mambre me crôle !
I ai pôe (*j'ai peur*) qu'anfin ai ne l'engôle (2) !

DEUXIÈME VIGNERON

S'a-t (*c'est*) in sarpan ; tu t'y antan (*entends*),
Et qui ai gi (*déjà*) passai sept an ;
I le queneu bé ai sai mingne,
Ai s'ai vén de Meire Luzingne ;
Ai ne feroo pa tan de pli
S'ai n'aivo son tam écompli
Dedan lai tor (*tour*) de Babillône ;
Ai l'an vén ; n'en sô pa en pône.
Morbey ! qu'ai l'a bé fiôllan !
Aussi asse (*est-ce*) in sarpan vôlan ;
Ma, en ce qui peu me paroistre,
I croy qu'ai l'ey trôvai son moistre.

PREMIER VIGNERON

Ay ce t-arché qu'a si jôly
Ai doi bé santy lou brely
Por l'aimor que (3) to son poy claire.
Sambei ! qu'ai l'ai lai trôgne claire !
I ne lou serô luzanai (*regarder*) !

---

(1) *Luzar*, animal qui reluit, qui a de l'éclat. Le serpent, avec ses écailles brillantes, est justement qualifié de *luzar*. Ce mot peut signifier aussi *lézard*. De *luzar* est venu le verbe *luzanai*, regarder, parce que l'œil reluit, brille.

(2) *Il n'engueule* (il n'avale) le jeune Apollon.

(3) *Par la raison que tout son poil* (toute sa chevelure) *brûle*.

I en seu (*j'en suis*) dójy tôt étenai (*fatigué*);
Tot aussitô que je le beuille (1)
J'an fai lai cire por lé z-œuille.
I cude qu'a l'ai (*qu'il est*) bé gaillar,
Qu'ai l'ai tôrjo (*toujours*) in pié en l'ar.

DEUXIÈME VIGNERON

Qui â cetu qui (*celui qui*) ai dé z-aulle
Su son chaipea, su sé z-épaule?
Asson qu'ai veu au tan (*au ciel*) vôllai?

PREMIER VIGNERON

I ne queneu (*je ne connais*) pa tô celai;
I n'antan ran ai lo z-aiffaire,
Et si ne sçai qu'ai veuille faire.

DEUXIÈME VIGNERON

Ai sanne (*il ressemble*) in vaulô de carrea;
I cude qu'ai l'a maicquerea
Et que vequin (*voici*) lai maicquerelle.

PREMIER VIGNERON

Nena, s'a t-éne damoiselle,
On lou voi bé ai son aiby (*habit*),
Sé z-aitira et sé biby (2);
Vai t'en voye (*voir*) si daime Nicôlle,
Corretaire (*courtière*) de lai vairôlle,

(1) *Beuiller*, c'est regarder comme font les bœufs, avec de gros yeux fixes.- Regards effrontés chez certaines femmes.

(2) Ornements des femmes. *Aitira*, *atterea*, c'est l'attirail; proprement ce qui attire. Mme de Tencin appelait cela : *mettre du lard dans la souricière*. Les *bibi*, terme indiquant les morceaux de verre cassé; ici, ornements en verroterie.

Et si cete-lai (*celles-là*) de Tailau (*Talant*)
On (*ont*) dé gaudô si rôselan !
Vi-tu jaimoy lai Charreténe
Aivô d'autre chy que de léne?
E-tu veu ai Janne Trôton
Chemizolle que de côton?
Aymée et lai Vigneronnette
Aivô dé gan dedan lo paitte?
Lo coiffe son de fi (*fil*) retor
Lai vou cetey qui (*celle-ci*) ai de l'or
Desu son poi, dan sé flôcure
Et in mirou (*miroir*) ai sai sainture
Ma, aiffin de le meu (*mieux*) saivoi,
Compeire, demandon li (*lui*) voi,
Ay poy (1) qu'elle serai benaize.

DEUXIÈME VIGNERON

Daime, ma qu'ai ne vo déplaize,
Ditte no voye de qui, de quey,
On fai tô ce qui et porquey?
Ma, premei, j'airin ben envie
De saivoi tôte vote vie,
Et queman vo vo z'épelé?
Ditte le no (*nous*), si vo velé.

PREMIER VIGNERON

Voi-tu qu'elle nique lai téte?
S'a (*c'est*) qu'elle no pren por dé béte.
Elle croy qu'i sene trô lor (2);

---

(1) Ne faut-il pas *Y croy*, je crois? — *Ay poy* ne paraît offrir aucun sens.

(2) *Elle croit que nous sommes trop lourds*, c'est-à-dire que nous sommes des lourdauds.

Edresson-no voye (*voir*) ai ce clor (*clerc*),
I entendro meu son langueige
Por laimor qu'ai l'a dou villeige, (1)
Ai qu'i lai (2) veu sôlicitai
Por tôte lai quemunautai.

DEUXIÈME VIGNERON

Ma, i ne sai commen li dire !
Sire, *Monsieu*, *Moître*, *Messire*,
No ferrin vo bé ce plaizy
Peu (*puis*) que vo z éte de lezy (*loisir*)
Et que vo sçaivé lai métaire (*matière*)
De no z'ansoigné ce mysteire ;
Respondé no don viteman.

LE PRATICIEN

Est-ce chathégoriquement
Ou par responce décisive ?

PREMIER VIGNERON

I croy qu'ai no pale de cyve ?

DEUXIÈME VIGNERON

Ce n'a pa ce qu'i demandon ;
Palé, Monsieu ; dizé no don
Queique chôse su no demande.

LE PRATICIEN

Oui, pourveu que je vous entende...

---

(1) *Par le motif qu'il est du village.*

(2) *Et que je la veux solliciter pour toute la communauté.* — *Quemunautai* ; on doit entendre ce mot de *communauté* par *commune*. Autrefois, la *commune* était la charte communale, et les membres qui participaient aux droits renfermés dans la charte constituaient la *communauté*.

PREMIER VIGNERON

Conté z'en dou lon vou dou large.

LE PRATICIEN

Je conçois vostre intention ;
Payez la présentation...
. . . .

DEUXIÈME VIGNERON

Vequi (*voici*) trô de pairôlleman (1);
Ai ne fau qu'ein bon mô qui sarve.
Dei de cé broillon no présarve (2),
Qui fon que tô lé prôve jan
Se voise (*voient*) sôvan san argen !

LE PRATICIEN

Je feray toute diligence,
Mais il faut garder l'ordonnance
Et, par un préalable, voir
Si vous faictes à recevoir,
Car, si l'on n'estoit recevable,
Cela me seroit imputable.
Nentissez (3) donc premierement
Réaument, etc. (4)...
Nous ne parlons point à crédit.

---

(1) *Pairôlleman* ; c'est comme si nous disions de *parlerie* (trop de paroles).

(2) *Dieu nous préserve de ces brouillons qui*, etc.

(3) C'est le verbe *nantir*, donner des gages ; d'où le substantif : *nantissement*.

(4) On le voit, tous les termes et formules juridiques sont dans la bouche de ce pédant légiste, qui les débite à tout propos, et surtout hors de propos.

DEUXIÈME VIGNERON (*à son compère*)

Lai morbei! vequin (*voici*) éne arpie!
I croy qu'ai l'aime ben lai pie
Et ne lache poin de (*ou* le) presan
S'ai n'ast (*s'il n'est*) trô chau vou tro pesan.

PREMIER VIGNERON (*au praticien*)

Ne no niqué pa tan lai téte;
Ditte no voye, Monsieu, lai béte
Lai pu bonne ai vote appeity (1).
Daudenai, je séne (*nous sommes*) épranty;
Je n'antandon pa cé finesse
Ne (*ni*) n'ozon faire lai grimaisse.

DEUXIÈME VIGNERON

Aimé vo bé lai venaison?

LE PRATICIEN

Ce coup-là vous avez raison.

PREMIER VIGNERON

Ma, ditte no, por lai vôlaille
Qu'aymé-vo meu : asse dé caille?
Lé podry (*perdrix*) qu'on pran au laissô,
Vou cé z-ôzea qui grogne en sô,
Vou ceu qu'on pran ai lai pantaine?

DEUXIÈME VIGNERON

Quainmerain (2) vo meu : éne quéne (*cane*),
Vou de cé z-ozon barrôlai (*bariolés*)
Qu'on voi su lé z-étan vôlai?

---

(1) *Dites-nous voir, Monsieur, la bête la meilleure à votre appétit* (à votre goût.)

(2) Ce mot est pour *qu'aimerin*, qu'aimeriez. (Tout ce passage est fort plaisant).

PREMIER VIGNERON

Dite-no voy, Monsieu, le liévre
A-ti bon? gueri-ti lai fiévre?

DEUXIÈME VIGNERON

An lai saison dou tan nôvea (1)
Aymé vo bé, Monsieu, lou vea?

PREMIER VIGNERON

Velé-vo bé qu'on vo z-an dene (*donne*)
Dé laipin qui son de gairene?
Si vo lé z-aivin vu au Bor (*bourg*),
Sairin (*sauriez*) vo s'ai (*s'ils*) son dé faubor?
Si ai son privai vou sauveige?
Vou de ceu qu'on norri en caige?
Sairin vo ai lé voi de ran (*en rang*)
Cetu (*celui*), Monsieu, qui ne vau ran?
Dite no voi (2) san môquerie?

LE PRATICIEN

Bien, bien, tresve de raillerie;
Je n'entens point vostre entregent.

DEUXIÈME VIGNERON

Ai vôrrô (*il voudrait*) aivoi de l'argent;
Vou asse qu'ai veu qu'on en forge?

PREMIER VIGNERON

Jèton-li éne ô (*un os*) an lai gorge.
(*Au praticien*) I vo bailleron ai soupai,
Et in quevelô de rapai.

---

(1) *La saison du temps nouveau*, c'est-à-dire le printemps.

(2) *Dites-nous voir* (cela) *sans moquerie*.

LE PRATICIEN

Sont toutes paroles verbales ;
Ce ne sont qu'offres labiales...
Donnez argent ; venez au point ;
Je dois servir d'autres parties ;

DEUXIÈME VIGNERON

Blaizô, lai rude repartie !
Ai vau meu, por lou contentai,
In pouchcu (*un peu*) d'argen li contai.

PREMIER VIGNERON

Monsieu, vequin troi sô et quattre (1)

LE PRATICIEN

Il n'y a pas de quoi s'esbattre ;
Mais heu esgard, considérant,
Attendu et remémorant
Que vos facultés ne sont grandes
Je veux restraindre mes demandes (2)

. . . .

DEUXIÈME VIGNERON

Disé, Monsieu, de quei se maule (*se mêle*)
Cetui-lai qui pote dé z-aulle (*ailes*)
An cé taulon (*talons*) et son chaippeâ ;
Teigne (*tiennent*) telle contre lai peâ ?

LE PRATICIEN

Ores que (3) cela ne s'explique
Selon les termes de pratique,

---

(1) C'est-à-dire *sept sous*.

(2) Il est probable que les vignerons lui donnent la pièce ; car, de suite, le 2e vigneron l'interroge au sujet des ailes de Mercure : tiennent-elles à sa peau ?

(3) Montaigne emploi deux ou trois fois cette expression, synonyme de *bien que*.

Toutes fois ma capacité
Qui me rend, etc.

PREMIER VIGNERON

(*Il parle de Mercure, le messager des Dieux*)

I ne sçay s'ai l' é bén trôtai ;
Ce n'a-ti pa guére crôtai ;
Queiqu'ai faize peû (1) par lai vile.

LE PRATICIEN

Vostre raison est incivile ;
Sachez qu'un Dieu ne marche pas.

DEUXIÈME VIGNERON

A-ti venu tô de ce pa ?

LE PRATICIEN

Ne voyez-vous pas bien qu'il vole ?...

PREMIER VIGNERON

Comman ? ai vén depeu lou tan (*le ciel*)
Jeusqu'an tarre (*terre*) san faire pôse ?
Ai resanne (*ressemble*) don Blanque-Rôse
Qui, ai Dijon, veno quéri (*venait chercher*)
De lai moutade dô (*depuis*) Pairi,
Et s'an retorno d'éne traitte
Cepandan qu'on laivo lé paitte.

DEUXIÈME VIGNERON

Si tô lé messeigé d'ici
Aullin aussi for, Dei marci,
L'invantou dé char de bagueige (2)

---

(1) *Bien qu'il fasse sale par la ville.*

(2) L'inventeur des *chars de bagage*; il s'agit sans doute de ce que nous nommons le *roulage*. Ce devait être une chose récente en Bourgogne.

Airô (*aurait*) bé dou desaivantaige,
Et lé messeigé ai chevau (1)
S'an irin bén trétô ai vau,
Bôttan (*mettant*) lai clar (*clé*) dezô lai pote.
Maiſoy cequi (*ceci*) ne no z'inpote !
Ai (*ils*) ne gaigneron ai moy ran,
Non pu qu'ai toy, Virelairan.

PREMIER VIGNERON

Ma, Mousieu, dite no voi comme
Cet homme, qui a Dei, se nomme ?

LE PRATICIEN

. . . . Il a nom *Mércure*.

DEUXIÈME VIGNERON

Asson cetu qui lai *mar cure* ? (2)

LE PRATICIEN

Vous parlez comme paysans
Et vous détorquez du vray sens...

PREMIER VIGNERON

Ce sarpan qui é si gran gorge,
Asson lou draigon de Sain-George ?

LE PRATICIEN

Je vous respons que c'est *Pithon*.

DEUXIÈME VIGNERON

In Pitô (3) ? Au deale-le-zau !
I queneu bé cé z'animau

---

(1) Les courriers.
(2) Est-ce celui qui *cure* (vide, nettoye) la mer ?
(3) Un Putois, réplique le vigneron. — *Au deale-le-zau*, (sorte de juron.)

Qui mainge de neu (*nuit*) no gelène;
I gaigerô, por lai mordène,
Mon fessou et mon goui (1) aitô
Que ce n'a pa lai in Pitô ?

LE PRATICIEN

Je vous dis encore une fois
Que c'est *Pithon*, et non *Pithois*.

PREMIER VIGNERON

J'ai ouy palay ai mon peire
De vaderea et de vipeire,
De draigon, de sarpan, d'anvô;
I l'ai bén ouy prôché aitô
Qu'ai l'y aivo dé bazelicle (*basilics*)
Qui tuin tô ce qu'ai brenicle (2),
J'ai bé vu l'ire de liton,
Ma ai ne palo (*parlait*) de Pithon
Et si ne veu jaimoy vin boire (3)
Si ce n'at in mô dou grimoire.

DEUXIÈME VIGNERON

Qu'ai l'épelle ainsin qu'ai vôrrei (4)
Ma sé dan (*dents*), comme dé serei,
Et cete gran diale de gueule
Vou (*où*) ai l'antrerô éne meule,

---

(1) Le *fessou*, c'est une pioche propre aux vignerons; le *goui*, *guizot*, *gouzô*, c'est une serpe ou serpette. *Aitô*, aussi.

(2) *Qui tuent tout ce qu'ils regardent.*

(3) *Et certes je ne veux jamais boire de vin si ce n'est là un mot de grimoire* (que le mot de Pithon.)

(4) *Qu'il l'appelle ainsi qu'il voudra.*

Ne feroo, maifoy, qu'in morcea
De ce pety archei roussea;
Morbei, qu'ai n'y monterô guére !

LE PRATICIEN

Ne jugés de ceste maniére;
Attendez la conclusion....

PREMIER VIGNERON

Au moin si an no détraippan (*débarrassant*)
De ce bôgre iqui (*ici*) de sarpan,
Dé vivre (1) ai l'étoffoo lai raice,
I l'y porrin bé randre graice.

DEUXIÈME VIGNERON

Ai l'a bé seur qu'ai (2) ne seroo
Lai vou diale asson qu'on parroo (*prendrait*)
Dou bô por li faire dé fleiche ?
On ne trôveroo, que je seiche,
Aissé de tramble et de foteâ (*hêtres*)
Dedan tô lé bô de Cyteâ (*Citeaux*)

PREMIER VIGNERON

Faire meuri (*mourir*) tôte lé vivre ?
Ai vau bé meu lé laissé vivre !
On n'en varro (*viendrait*) jaimoi ai bou,
Bé moin couchée que debou (1)

---

(4) La *Vivre* ou *Vuivre* ou *Guivre*, animal légendaire habitant les sources et les lieux aqueux. Il courait quantité de fables sur cet animal. La Vivre de Larrey, près Dijon, était célèbre.

(5) *Il est bien sûr qu'il* (le Dieu) *ne saurait* (détruire toutes les vivres).

(1) Ici, commencent les paroles à double sens et les propos plus que gras.

De queique faisson (*façon*) qu'on lé preigne,
Ni Dei, ni dialle, elle ne créigne.

DEUXIÈME VIGNERON

Ai foroo (*faudrait*) bén d'autre que lu !
Son manton n'at aissé velu.

LE PRATICIEN

Mais, qu'entendez-vous par les *Vivres* ?
Je ne trouve point dans mes livres
Ce mot en d'autre sentiment
Que pour le faict de l'aliment,
Car ny dedans *le formulaire*
De pratique, ou dans le *Notaire*
De Papon, l'*Enchiridion*
D'Imbert, imprimé à Lyon,
Ny au styl (*sic*) de chancellerie,
Ny au jargon de la Mayrie,
Je ne l'ai point vu usurper
Ou je lé laissois échapper.

PREMIER VIGNERON

Lé Vivre son lé maule (*méchantes*) fanne (1)
Qui fon que lo mairi se danne,
Et lo fon bôttre (*mettre*) bén sôvan
De gran dépei lai pleume au van.
Monsieu, lai vostre a-teille bonne ?
Li baillé vo bé son aivone (*avoine*) ?
Ne vo pleignez (2) vo poin de lei (*d'elle*) ?

---

(1) La Monnoye, dans son *Glossaire*, parle des *Vivres*. Il a employé ce mot dans ses Noëls à l'occasion de Marie :

Lai pucelle n'étô pa
De cé *vivre* qui vo beuille.

(2) C'est *plaindé*, qu'il faudrait ; *plaignez* est français.

DEUXIÈME VIGNERON

Gingue-tille (1) poin dan lou lei (*le lit*)?
Quan on lai monte, a-telle dure?
Ei-telle éne gran découdure?
Trôvé vo bén tô lé recoin?
Combén li fau-ti bén de poin?

LE PRATICIEN

Ne traitons point de ces ordures;
Ça, je les répute à injures;
Je proteste par action
D'en avoir réparation. . . .

DEUXIÈME VIGNERON

No feré vo bôttre (*mettre*) en prison?
Je ne vo z-on pa di gran chôse!
Et bé, si j'on palai du chôse
De vote fanne, qu'an a-ti?
J'an no velai (1) bén essoti!
Fau-ti bé tan de tintamarre?
On di bén lou chôse de quarre (2);

. . . .

Lou chôse moüille, lou frise;
Son-ti porcelai de prise?

. . . .

En vai-ton portan en jeustice?

---

(1) Au lieu de *tille* il faudrait *telle*, ou *teille*. Nous mettrons *telle* dans les vers suivants.

(2) *Nous en voilà bien rendus sots* (penauds).

(3) Nous mettons deux lignes de points afin d'avertir le lecteur qu'il doit y avoir en cet endroit 4 vers masculins omis (à intention sans doute), le passage étant fort scabreux. Voir l'imprimé, p. 27.

LE PRATICIEN *(au public)*

Messieurs, vous voyez la malice...
Je m'en vois *(vais)*, avant mon repas,
A la Mayrie de ce pas (3).

PREMIER VIGNERON

Vequin in vrai Jau de Cenargue !
I n'antan ran ai tô celai *(à tout cela) !*
Di-ti qu'ai fau meingé saulai *(salé)* ?

LE PRATICIEN

Je ne vous dis rien autre chose ;
Je m'en vois présenter la cause
Entre moy, un tel, demandeur,
Et Virelaran, déffendeur, etc.

PREMIER VIGNERON

Maifoy, ce n'a qu'in traicaissou !
I croy qu'ai monte su son moitre ?
Au bén bé qu'ai s'an aulle poitre !
J'aivon bé que faire de lu !
Lai morbei, s'at in chau grelu !

DEUXIÈME VIGNERON

Ne lou may *(met)* pa pu en côlaire,
Que j'an aivon aucor aiffaire.
(Au Praticien) Monsieu, tô ce que je dizon
N'a pa por faire méprison *(mépris)*
De vo, ni de vote épatye *(épouse)* ;
Ne no prené pa ai patye *(à partie)*,
Ce n'a pa por *(par)* dérision.

---

(1) Il ne veut point, dit-il, saisir de cette affaire une autre justice.

LE PRATICIEN

Vostre excuse n'est pas idoine ;
Ne me proposez point d'exoine ;
Faites donc déclaration
Primo, quant au cas de ma femme,
Que l'on n'y voit aulcun défame ;
Item, confessez sur le champ
Qu'il est bon, loyal et marchant;
Qu'il est fait en forme autentique,
Que c'est une pièce à l'antique,
Saine et sans radiation,
Dont j'offre satisfaction
Bonne, receante et solvable ;
Item qu'elle est femme traittable
Qui ne gingue point dans le lict,
Qui n'a jamais commis délict,
Qui n'a ny délay, ny remise,
Quand il faut lever la chemise,
Et que j'entre dans ses pastys
Sans visat, ny *pareatis*,
Et que payrez, comme complices,
Et les despens et les épices.

PREMIER VIGNERON

Monsieu, i sene *(nous sommes)* teujor proo
De tenin devan vo (1) lai roo *(raie)*
De vote fanne por publique,
Et s'ai fau passai por lé pique,
Ma qu'ai n'en coute que nai blan,
I ne seron pa eppelan.

---

(1) On comprend de quelle *raie* il s'agit. Cela fait songer à ce vers de Mathurin Régnier :
Et par un certain trou je lui vis jusqu'à l'âme !

DEUXIÈME VIGNERON

Ay tey cy quaivain lai levée,
Vo z-écheverai lai côrvée
Et no diré qui a celu
Ai qui lou viseige relu.

LE PRATICIEN

Ce *Papil* (1) encor impubère
Affin de venger l'*impropère*
De ce monstre (*Pithon*) et son attentat
Contre le ciel et son estat,
A faict icy une descente
Pour purger la Terre *relante*.... .
Lequel Pithon *homicidé*
Est *ab intestat* décedé,
Laissant son *hoyrie jacente* ; etc.

PREMIER VIGNERON *(parlant du Dieu Apollon)*

Ma, ai quei peuve étre prôpice
Cé pointure (*rayons*), cé z-atifice ?
De quei no guairi ce Sôlô (*soleil*) ?
De quei no sar lou mirôlô (2)
Qu'ai l'ei (*qu'il a*) ai l'antor de lai téte,
Et lai môr de lai maule béte ?

LE PRATICIEN

Ce n'est chose qui m'apartienne
Ny de la cognoissance mienne;

---

(1) Le praticien parle d'Apollon ; nous ignorons pourquoi il le qualifie de *papil* Est-ce parce qu'il porte sur lui des choses brillantes ; des *papillettes* comme on disait aux XVe et XVIe siècles ?

(2) *Mirôlô*, miroir. Quand ce mot s'applique au soleil, il s'entend de la face lumineuse de cet astre. Ici le miroir est placé autour de la tête du Dieu ; on ne pouvait lui mettre les rayons sur la figure.

Mais, si vous vous en contentez (1),
Vous en serez *assavantés*,
Certiores, et dadvantage
Assertenés en mon langage.
Ce soleil . . . .
De toutes vertus assorty
Marque le Prince de Conty....
Il est des méchans la terreur,
L'amour des bons, le luminaire
Qui fon, qui eschauffe et esclaire.

PREMIER VIGNERON

Don (*donc*) cé fille ai qui le jor neu (*nuit*)
Et qui téne (*tiennent*) quan ai l'a neu (2)
Ai tô venan lai pôte (*porte*) ôvate (*ouverte*),
Elle airon (*auront*) bea étre couvate (*cachées*),
Ce sôlô lé décôvrirei
Et peu, Dei sçay s'on an rirei !
Cé fille, qui ne son pa seige,
Et qui se frôte lou viseige
De je ne sai quei qui relu,
Qu'elle ne se montrin ai lu,
Ai lé fondrei comme lai noge (3) !

PREMIER VIGNERON

Cé jan jailai (*gelés*), qui ne se roge (4)
Qu'éne foi vou deu, tô lé z-an,
Et qui aivon (*ont*) tan de quesan (*chagrin*)
De ce qu'ai n'on de lai maiteire

---

(1) Si vous vous contentez de mes explications.
(2) Quand il est nuit ; plus haut, c'est le verbe *nuire*.
(3) Voilà un joli passage, où il y a un grain de sel comique à la fin.
(4) *Roger*, c'est s'agiter, se remuer.

Por faire éne besogne anteire,
Et qu'aipré in peti chiclô (*petite goutte*)
Lo braquemar se trôve éclô (1)
Si bé que lo fanne son braime (*stériles*)
Por ce qu'ai n'on aissé de craime,
Qu'ai prene hadimen in parroin (2),
Ce sôlô lo queurei (*cuira*) lé roin ;
Ai feron, feussain-ti de glaice,
Vou in enfan, vou éne enfaice !

DEUXIÈME VIGNERON

Lai morbei, ai l'an baré (*donnera*) bé
Ai ço qui estande le bé (*le bec ?*),
Qui fon, tô lé jor, bonne chere,
Ancor que lai char so bé chere,
Ai seron bé mau depoissu (*déçus*)
S'ai bôte ceure (3) lai dessu.

PREMIER VIGNERON

Cé groin (4) qui on lai pea tannée,
Noire comme lai cheminée ;
Qui resanne (*ressemblent*) dé crâ (*corbeaux*) bouilly
Qu'ai s'an veigne icy, san failly ;
Ce Seulô-lai (*Ce soleil-là*) lé ferei blainche

---

(5) Ainsi, à cette époque, il y avait déjà des impuissants en assez grand nombre.

(1) *Qu'ils prennent hardiment un parrain*, car ils auront bientôt un enfant, ou... *éne enfaice !* Ce mot qui est sensément le féminin d'enfant a quelque comique en soi. D'ordinaire on dit *eine pissouse* pour désigner une fille. Un vigneron me disait un jour : *I n'ai ran qu'dé pissouse !* (je n'ai rien que des filles.)

(2) Il faut prononcer *queure.*

(3) C'est-à-dire ces femmes qui ont la peau de la figure, etc.

Comme lo côlai (*leurs cols*) dé dimainche :
Lai toile y blainchi-telle pa (*au soleil*)?
I croy qu'ai (*elles*) ne craindron lo pa ;
N'an voy-tu pa déjai quéqu'éne ?

DEUXIÈME VIGNERON

Voi, padei, pu d'éne tranténe !

PREMIER VIGNERON

Pu don (*puis donc*) que ce Dei si genty
S'epele Monsieu de Conty,
Et peu que Maidaime lai Fée (*Vénus*)
Qu'a si belle et si bé coifée,
Et ce bea Monsieu que velai (*Mercure*)
Qui sanne (*semble*) qu'ai veuille vôlai,
Nos on deuai (*ont donné*) tôte aissurance
Qu'i sene (*que nous sommes*) au bou de nô sôfrance...

DEUXIÈME VIGNERON

Por cet anfan qui a venu
Ai ce Prince tan requenu (1)
. . . .

DEUXIÈME VIGNERON

Je prion qu'ai peusse ai jaimoi
Mointeni (*maintenir*) lou pai en poi
Et qu'ai l'évaire (*chasse*) cé z-arpie
Qui veuille deimai (*prendre*) su lai pie.

DEUXIÈME VIGNERON

Qu'ai vive decy (*d'ici*) ai cent an,
Tôrjo (*toujours*) joyou, tôrjo contan,
Qu'ai n'anjarre (*engendre*) milancôlie
Et qu'ai l'aime *Meire-Fôlie.*

---

(1) Il doit manquer, ici, deux vers féminins.

LE PRATICIEN

Qu'il fasse de très grands acquets
Sur ses ennemis, et conquests,
Venant d'abord au possessoire
A la moindre sommation,
Sans mandement de faction,
Et sans venir au pétitoire.

PREMIER VIGNERON

Qu'ai ne soo jaimoi dérivai ;
Qu'an tôte vartu ai l'ébonde !
Qu'ainsin que son peire privai (*particulier*)
Ai peusse aimai treto lou monde.

LE PRATICIEN

Conformément aux documents
Résultant des commandements
Qui procèdent de son dit père,
Par livre ou par arme attaqué,
Qu'il soit docteur *in utroque* (1),
Conséquemment qu'on le révère.

DEUXIÈME VIGNERON

Aussi too que lou poi-folô (*poil-follet*)
Trézirai (*poussera*) por dessu sé joue
Qu'ai s'en veigne, maulin maulô,
Es Espaignô rogné lai quoue *(la queue)*.

LE PRATICIEN

Qu'il les prenne en désertion, etc.

---

(1) Sous-entendu : *jure*. Le docteur *in utroque* était celui qui savait le droit civil et le droit canon.

PREMIER VIGNERON

Qu'ai-tô ceu-lai qui, é cartan (1),
Mette dou lar dan lo mairmite,
Ai faize évaulai (*avaler*), ai son tan,
Au leu (*lieu*) de vin de l'ea benite!

LE PRATICIEN

Qu'en son temps, Sergens ni Recors
N'appréhendent personne au corps,
Et que l'on n'aye plus de crainte
De *debitis*, ny de contrainte.

PREMIER VIGNERON

Que por son boire ai se fornisse
Dan ley vingnôble de Dijon
Et qu'ay l'ayme autan le borion (2)
Qu'in enfan fai lou régôlisse (*réglisse*).

PREMIER VIGNERON

Que lou vin qui vén de Pômmar
Ai son goût se rencontre aimar (*amer*)
Et qu'aupré dou note (*nôtre*) ai se panse
Qu'ai ne sô (*qu'il n'est*) que de lai depense.

DEUXIÈME VIGNERON

Que ço qui von ai requelon
Et qui trôble tôte lai France,
Grûllin (*tremblent*) comme dé graivaulon
Quant ai varron sai corpulance.

---

(1) Qu'à tous ceux-là qui aux quatre-temps.
(2) *Barillon, barillot*, diminutif de *baro*, baril.

PREMIER VIGNERON (1)

Qu'ai ne creigne ny chau, ny froi.
Ny pleuge, ny noge, ny graule (2),
Quan ç'â qu'ai serei tan (*temps*) qu'on fraule
Ço qui airon faché lou Roy.

DEUXIÈME VIGNERON

Qu'ai faize é z-annemin lai figue,
Qu'ai lé z-écrase au cateron
Comme i faizin dé Naicairon
Ene foi dou tan de lai brigue (3) !

LE PRATICIEN

Que le pays il revandique
Du Turc qui faict au vin la nicque
Et croit cas de nouvelleté,
S'il en veut pléne (4) une cuvée
Qu'il luy en fasse main-levée
Pour luy buvant à sa santé.

PREMIER VIGNERON

Qu'ai chezin (*tombent*) devant lu, pu vite
Que ne fon de lon (*le long*) dé patai
Lé mouche, ai lai fin de l'étai,
Quan ai (*elles*) meure de môr subite.

---

(1) A partir d'ici s'arrêtent les manuscrits Duxin. C'est à Carpentras que nous avons trouvé la fin de cette pièce.

(2) Ni pluie, ni neige, ni grêle.

(3) De quel fait s'agit-il ici? Sans doute il faut entendre *ligue* en lisant *brigue* ; pour les *Naicairons*, c'est probablement un mot injurieux synonyme de *niacou*, *morveux*.

(4) Une cuvée pleine.

LE PRATICIEN

Qu'on ne luy ose contredire
Toutes esparies, droict d'indire,
Sur les sujets de Mahomet,
Qu'il les traitte de même sorte
Que gens de poète (*poeste*) et de mainmorte,
Car la coustume le permet.

DEUXIÈME VIGNERON

Que dezô ce Prince si bea
Lou vin sô quemun queman de l'ea,
Et qu'essetai pré de nô fausse,
Tô deu z'en mai veigne dé Crai,
Je bevin de ce vin seurai
Qu'on fai passai por (*par*) éne chausse.

LE PRATICIEN

Tousjours sa conqueste s'advance !
Et qu'il mette cense sur cense ;
Qu'il fasse tousjours nouveau gain ;
Qu'une victoire, une autre suyve,
Et toujours sa pointe il poursuive
Puis que le bois acquiert le plain.

PREMIER VIGNERON

Qu'au leu (*lieu*) de lar et roo de por
Qu'i ne mainjon ran qu'é bon jor,
Note taulle (*table*) soo ésotie (*assortie*)
De Podry, Cainea et Poulô,
Et de cé peti t'ozelô (*oiselets*)
Qu'on fai pissé su dé rôtie.

LE PRATICIEN

Sa faveur soit perpétuée
Et à jamais substituée
Tant pour nous que pour nos neveux,
Et pour ceux de nous ayants cause,
Et que, sans réserve ny clause,
Le ciel homologue nos vœux.

DEUXIÈME VIGNERON

Que lou Roy, comme son pairan (*parent*),
Jaimoy ne li refuze ran;
Que torjô de lu *(lui)* ai se sarve,
Et que Dei, tô deu, lé consarve!

FIN

Dijon, imp. Carré.

www.ingramcontent.com/pod-product-compliance
Ingram Content Group UK Ltd.
Pitfield, Milton Keynes, MK11 3LW, UK
UKHW020957220726
13924UKWH00002B/746

9 782019 930264